Sandoval, Jaime Alfonso
   Murmullos bajo mi cama / Jaime Alfonso Sandoval; ilus.
Cecilia Varela – México: Ediciones SM, 2009 [reimp. 2013]
31 p. : il. ; 19 x 15 cm. – (El barco de vapor. Los piratas ; 8)

ISBN : 978-607-471-016-8

1. Cuentos mexicanos 2. Literatura infantil 3. Cuentos de terror 4.
Monstruos 5. Imaginación. I.Varela, Cecilia, il II.t. II. Ser.

Dewey M863 S26 2009

Texto: Jaime Alfonso Sandoval
Ilustraciones: Cecilia Varela

Coordinación editorial: Laura Lecuona

Primera edición, 2009
Sexta reimpresión, 2013
D. R. © SM de Ediciones, S.A. de C.V., 2009
Magdalena 211, Colonia del Valle,
03100, México, D.F.
Tel.: (55) 1087 8400
Para conocer SM, su fondo editorial y sus servicios: www.ediciones-sm.com.mx
Para andar entre, hacia y con los libros: www.andalia.com.mx
Para comprar libros de SM en línea: www.libreriasm.com

ISBN 978-607-471-016-8
ISBN 978-970-688-942-3 de la colección Los Piratas de El Barco de Vapor

Miembro de la Cámara Nacional de la Industria Editorial Mexicana
Registro número 2830

Impreso en México / *Printed in Mexico*

Murmullos bajo mi cama
se terminó de imprimir en junio de 2013
en Duplicate Asesores Gráficos, S. A. de C. V.,
callejón San Antonio Abad núm. 66, col. Tránsito
c. p. 06820, Cuauhtémoc, México, D. F.
En su composición se empleó
la fuente Gill Sans Std.

Murmullos bajo mi cama

Jaime Alfonso Sandoval / Cecilia Varela

ediciones SM

Debajo de la cama de Julio vivía un monstruo peludo
de manos azules y largas uñas amarillentas.
Julio lo conocía muy bien
porque lo había oído en varias ocasiones.

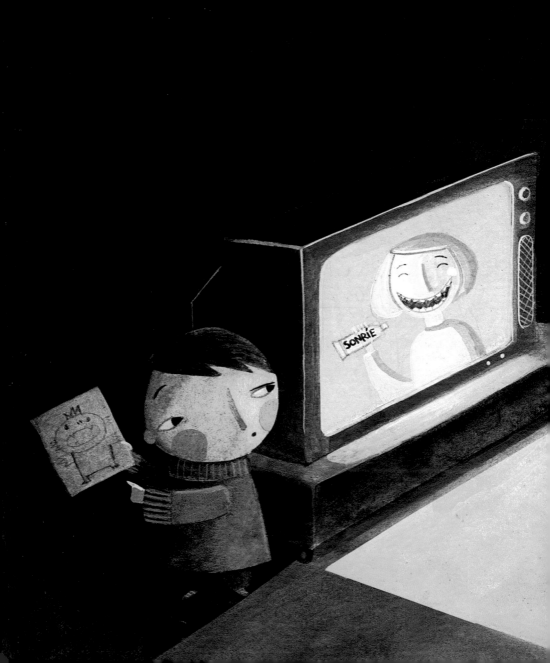

Sus padres no le creían.
Nunca le creían nada.
Aseguraban que era su imaginación,
que veía demasiada tele...

Y es que ser niño no es fácil.
Nadie lo tomaba en serio.
¿Pero acaso eran imaginación
las risitas que escuchaba a media noche?
¿Y los gruñidos?
Estos últimos lo atemorizaban más,
incluso le hacían gritar.

G g rp ar rr FF ...

Entonces su padre iba malhumorado
a insistirle en que había sido un sueño,
y revisaba debajo de la cama.
Claro, no había nada,
pero eso no disminuía el peligro,
pues es de todos conocido que los monstruos
pueden hacerse invisibles a voluntad.

En las mañanas, Julio encontraba la prueba:
un calcetín masticado, cubierto de baba.
—Es cuestión de cerrarle el paso
—le aseguró un amigo en la escuela.
—¿Cerrar el paso? ¿Qué es eso?
—preguntó temeroso Julio.
—Al parecer, tu monstruo hizo un agujero.
Métete debajo de la cama: ahí encontrarás un hoyo.
Debes cerrarlo, eso es todo.
Yo así me deshice del mío.

¿Meterse debajo de la cama?
De sólo pensarlo, Julio sintió escalofríos.

Esa noche el monstruo estuvo
más latoso que de costumbre:
hubo murmullos, rasquidos
e incluso algunos silbidos.
¡Estaba llegando demasiado lejos!
Fue imposible conciliar el sueño con tanto ruido.

A la mañana siguiente, Julio se armó de valor
y decidió meterse debajo de la cama.
Como previó su amigo,
encontró un agujero negro y fétido.
Asomó con cuidado la cabeza.
Lo que vio lo dejó impresionado.

Del otro lado había una habitación,
bastante fea por cierto.
Una chimenea de piedra iluminaba
grandes cuadros con retratos
de personajes de tres cabezas.
Había lámparas con calaveras
y murciélagos de juguete colgando del techo.

Julio no pudo evitar exclamaciones de sorpresa
y algo de risa por lo ridículo del lugar.
Entonces escuchó un lamento:
—¡Mamá, creo que hay un humano
debajo de la cama! —chilló una vocecita chiclosa.
—Es tu imaginación, querido
—respondió otra voz igual de extraña—,
los humanos no existen.

—Estoy seguro —insistió la vocecita—.
Está debajo de la cama, puedo oírlo, mamá,
me da miedo.
—Te cayeron mal los gusanos de la cena,
por eso tienes pesadillas.

El pequeño monstruo se enojó.
Sus padres nunca le hacían caso,
pero estaba seguro de que bajo la cama
había un humano. Lo había oído.

Decían que era su imaginación, pero
¿acaso eran imaginación los ruiditos y las risas?
Decían que leía demasiados cuentos de humanos
y otras criaturas desagradables. ¡Uff! Nunca le creían.

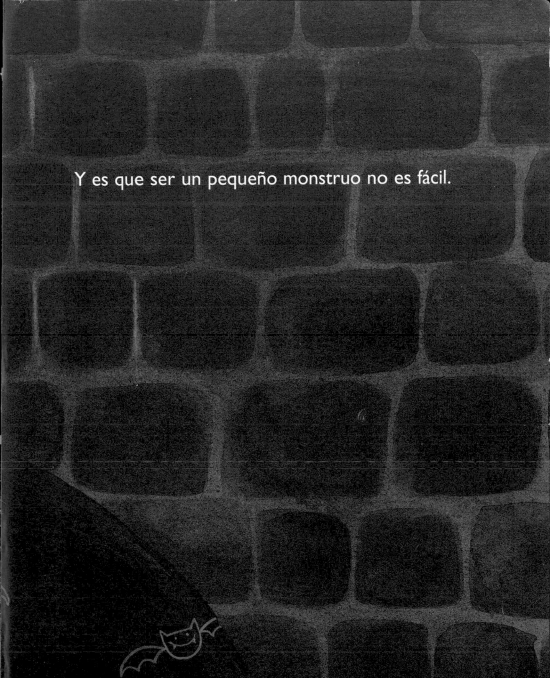

Y es que ser un pequeño monstruo no es fácil.